Cyfres Rwdlan
12. PENBWL HAPUS

D1352431

I HUW

Argraffiad cyntaf: 1989
Pumed argraffiad: 2013

℗ Hawlfraint Angharad Tomos 1989

Lluniau: Angharad Tomos
Gwaith lliw: Elwyn Ioan

Rhif Llyfr Rhyngwladol: 0 86243 179 4

Cyhoeddwyd ac argraffwyd yng Nghymru
gan Y Lolfa Cyf., Talybont, Ceredigion SY24 5AP
e-bost ylolfa@ylolfa.com
y we www.ylolfa.com
ffôn (01970) 832 304
ffacs 832 782
isdn 832 813

Penbwl Hapus

Angharad Tomos

12

"Da iawn, Rala Rwdins,"
meddai Rala Rwdins wrthi hi ei
hun. Roedd hi newydd orffen
rhoi'r dail ar y coed ac wedi
gwneud bore da o waith.

5

Pwy ddaeth heibio ond y Llipryn
Llwyd.
"Helô, Rala Rwdins," meddai'r
Llipryn Llwyd yn siriol.
"Helô, Llipryn Llwyd," meddai
Rala Rwdins.

"Roedd y Llipryn Llwyd yn hapus iawn, Mursen," meddai Rala Rwdins. "Tybed beth sydd wedi digwydd?"
Roedd Mursen yn dychmygu sut hwyl oedd Rwdlan a'r Dewin Dwl yn ei gael yn rhoi dail ar y coed ym mhen arall y goedwig.

Gwelodd y Llipryn Llwyd
Ceridwen yn mynd heibio.
Roedd Ceridwen yn brysur yn
darllen llyfr trwchus.
"Helô, Ceridwen," meddai'r
Llipryn Llwyd.
"Helô," meddai Ceridwen heb
godi ei phen o'r llyfr.

Aeth y Llipryn Llwyd ymlaen heibio i Ty'n Twll.

"Oes yna bobol?" gofynnodd mewn llais uchel.

"Nag oes – dim heddiw!" atebodd rhywun. Roedd y Dewin Doeth yn rhy brysur i weld neb.

13

Roedd y Llipryn Llwyd yn teimlo'n go drist erbyn hyn, ac yn ceisio peidio â llefain.

"Does yna neb yn cofio," meddai gan ochneidio, ac aeth yn ôl i Lyn Llymru. Ar ei ffordd, gwelodd bot o fêl a het fach felen wedi eu gadael wrth fôn coeden. Cododd ei galon rhyw fymryn: mae'n rhaid fod rhywun wedi cofio…

Wedi cael benthyg darn o bapur a phensel gan Ceridwen, bu'r Llipryn Llwyd wrthi'n ddyfal am dipyn. Ni wyddai'n iawn sut i wneud cerdyn. Nid oedd yn siŵr iawn sut i ysgrifennu, chwaith.

Yn y diwedd, dyma a
ysgrifennodd ar y cerdyn:
Penbwl hapus i Liprun X
Yn anffodus, roedd y cerdyn yn
agor o chwith, ond doedd dim ots.

Cafodd syniad arbennig o dda
wedyn, a bu'n brysur yn y mwd ar
lan y llyn. Ar ôl amser maith,
roedd wedi gwneud teisen fwd.
Nid oedd ganddo gannwyll ond
torrodd frwynen a'i gosod ar
ganol y deisen.

Daeth o hyd i un o fatsys Strempan a chynheuodd y frwynen. Edrychai yn ddigon o ryfeddod. Gwisgodd y Llipryn Llwyd yr het felen a dechreuodd ganu iddo'i hun:

"Pen-blwydd trist i Llip,
Pen-blwydd trist i Llip,
Pen-blwydd tri-ist i Llipryn,
Pen-blwydd trist i Llip."

Erbyn hyn roedd wedi dechrau llefain.

Heb fod ymhell, roedd y Dewin Dwl
a Rwdlan yn cael sbort fawr. Roedd
Rala Rwdins wedi gofyn am eu help
i roi dail ar y coed, ac wedi rhoi
pentwr o ddail a phot glud iddynt.
Roedd y Dewin Dwl wedi gludo
Rwdlan yn sownd i'r goeden!

Penderfynodd y Dewin Dwl mai peth diflas iawn oedd rhoi dail i gyd yr un fath ar yr un goeden. Roedd eisiau cael coeden a'i llond o ddail gwahanol. Ar ôl i Rwdlan ddod yn rhydd o'r goeden, roedd hithau wrth ei bodd efo'r syniad.

Dyna goeden ryfeddol oedd hi! Ni welwyd erioed mo'i thebyg yng Ngwlad y Rwla. Ar ei brigau roedd dail celyn, dail cyll, dail derwen, dail onnen a dail sycamorwydden. "Gad inni fynd i nôl y Llipryn Llwyd," meddai Rwdlan.
"Ie, bydd wrth ei fodd yn ei gweld!" cytunodd y Dewin Dwl.

Wrth ddod at Lyn Llymru, arhosodd Rwdlan yn stond. "Wyt ti'n clywed sŵn canu?" gofynnodd Rwdlan mewn syndod. "Ydw," meddai'r Dewin Dwl, "a phwy gebyst sydd wedi dwyn fy het?" gofynnodd yn flin.

31

"Hei! Mae o wedi dwyn fy mhot mêl i hefyd!" meddai'r Dewin Dwl, yn fwy blin byth.

"Meddwl mai anrhegion oedden nhw wnes i," meddai'r Llipryn Llwyd yn siomedig.

"Beth ar wyneb y ddaear wyt ti'n ei wneud?" holodd Rwdlan yn syn.

"Rwy'n ceisio cael pen-blwydd hapus," meddai, a'r dagrau'n powlio eto, "ond does neb wedi cofio. A nawr mae'r Dewin Dwl wedi digio efo mi."

"Hi hi!" meddai'r Dewin Dwl.

Gwnaeth Rwdlan ei gorau i beidio
gwenu ond roedd y Dewin Dwl yn
glana chwerthin.

"Ho ho ho!" Roedd wedi gweld y
cerdyn pen-blwydd. "Ha ha ha,
dyma gerdyn doniol!" meddai gan
rowlio ar y llawr.

Doedd y Llipryn Llwyd ddim yn deall beth oedd mor ddigri am y cerdyn pen-blwydd. Roedd wedi cael llond bol. Cynigiodd Rwdlan a'r Dewin Dwl iddo ddod i weld y Goeden Ryfeddol, ond gwrthododd. Rhoddodd yr het yn ôl i'r Dewin Dwl.

"Nos da," meddai. Nid oedd wedi mwynhau ei ben-blwydd o gwbl.

Pan ddeffrodd y bore wedyn, dyna syndod gafodd y Llipryn Llwyd. Roedd dau barsel lliwgar wrth ei ymyl, un mawr ac un bach, ac amlen gyda'i enw ef arni!

Llipryn Llwyd

Agorodd yr amlen ac roedd cerdyn go iawn ynddi – cerdyn ag enwau pawb arno – Rwdlan, Rala Rwdins, Ceridwen, Dewin Dwl a Dewin Doeth. Roedd ôl pawen Mursen arno hefyd. Yn y parsel mawr roedd cot hyfryd, ac yn y parsel bach roedd chwiban a phluen arni. "Maen nhw'n meddwl mai heddiw mae 'mhen-blwydd i," meddai'r Llipryn Llwyd.

"Heddiw *mae* dy ben-blwydd di, Llipryn," meddai Rwdlan. "Tyrd, rydyn ni'n mynd i gael parti o dan y Goeden Ryfeddol."

Daeth y ddau ddewin o rywle yn cario clamp o gacen pen-blwydd a'i llond o fêl.

"Roeddwn i'n rhy brysur i siarad ddoe..." meddai'r Dewin Doeth, "... yn rhy brysur yn gwneud cacen!"

Daeth pawb at ei gilydd i gael parti
bendigedig. Ar y diwedd, roedd y
Dewin Dwl eisiau rhoi anrheg
arbennig i'r Llipryn Llwyd.
"Dyma ti, Llipryn Llwyd – Penbwl
Hapus!" a rhoddodd benbwl bach
mewn pot jam iddo. Roedd gwên
lydan ar wyneb y Llipryn Llwyd.
"Diolch yn fawr," meddai.
"Penbwl Hapus!" meddai pawb.

Cyfres Rwdlan!

Efallai'r gyfres fwyaf llwyddiannus
i blant bach yn Gymraeg erioed!

1. Rala Rwdins
2. Ceridwen
3. Diffodd yr Haul
4. Y Dewin Dwl
5. Y Llipryn Llwyd
6. Mali Meipen
7. Diwrnod Golchi
8. Strempan
9. Yn Ddistaw Bach
10. Jam Poeth
11. Corwynt
12. Penbwl Hapus
13. Cosyn
14. Dan y Dail
15. Barti Ddwl
16. Sbector Sbectol

*Am restr gyflawn o'n holl gyhoeddiadau,
anfonwch yn awr am gopi RHAD AC AM DDIM
o'n catalog lliw llawn!*

www.ylolfa.com